KB178416

푸른사상
시선

81

성규의 집

정 진 남 시집

푸른사상 시선 81

성규의 집

인쇄 · 2017년 10월 25일 | 발행 · 2017년 10월 30일

지은이 · 정진남
펴낸이 · 한봉숙
펴낸곳 · 푸른사상사

주간 · 맹문재 | 편집 · 지순이 | 교정 · 김수란
등록 · 1999년 7월 8일 제2-2876호
주소 · 경기도 파주시 회동길 337-16(서패동 470-6) 푸른사상사
대표전화 · 031) 955-9111(2) | 팩시밀리 · 031) 955-9114
이메일 · prun21c@hanmail.net / prunsasang@naver.com
홈페이지 · http://www.prun21c.com

ISBN 979-11-308-1222-9 03810

값 8,800원

이 도서의 국립중앙도서관 출판시도서목록(CIP)은 서지정보유통지원시스템 홈페이지(http://seoji.nl.go.kr)와 국가자료공동목록시스템(http://www.nl.go.kr/kolisnet)에서 이용하실 수 있습니다. (CIP제어번호 : CIP2017026955)

이 책은 경남문화예술진흥원의 문화예술지원을 보조받아 발간되었습니다.

푸른사상 시선 81

성규의 집

| 시인의 말 |

화분에는 새싹이 돋고 있고
물기 머금은 새살은 그늘을 딛고 피어 오른다

죽 휘어지며 뻗어 올라간 한 줄기
선물 받은 난 화분이 시들더니
한 대만 남겼다
우리는 아무 말 없이 물을 주었다
이사할 때도 함께 가져와
물을 주며 살았다

난은 이제 세 잎이고 뿌리 쪽에 새순이 보인다
앞으로도 난의 생활은 별반 다르지 않을 것이다
퇴고와 일필휘지를 반복할 뿐

2017년 10월 진주 남강변에서
정 진 남

| 차례 |

■ 시인의 말

제1부

제2부

제3부

제4부

제1부

아무 문제가 없어 문제입니다

오랜만에 만난 남편 친구가 인사를 했다

잘 지내요?

시계가 땡 소리를 내면 남편은 출근을 하고 퇴근을 합니다

집을 어질러놓아도 누구하나 나의 게으름을 탓하지 않습니다

가스레인지 위에서 밥 끓는 소리가 나지 않아도 배가 고파우는 아이는 없구요

빈 거실에 먼지가 조용히 쌓입니다

먼지는 보이지 않아요

나의 첫 산부인과

빰을 쓸고 지나가는 바람에게 숨을 내쉰다
나를 용서해
발끝에 달라붙는 흙먼지에게 눈물을 떨군다
들판에 씨를 퍼뜨리는 민들레의 하얀 꽃대궁이에 고개를 숙인다
세상은 온통 시린 산, 어른거리는 강물뿐이다
난 내 아이를 지웠다

심한 감기에 걸렸다 난 결혼 1년 만에 기다리던 임신 고지에 도달했고 도착한 지 3개월이 되었기 때문에 고지를 관장하는 배를 탔다 내가 선택한 경로는 진주에서 여행자가 가장 많이 와글거리고 그 배의 선장인 나의 주치의는 그곳에서 가장 많은 일을 보고 있었다 〈3일 동안 입원하세요 불이 났을 때 양동이 물이 아니라 소방차로 끄는 것입니다〉 순항을 위해 의사의 권유에 응했다 하지만 퇴원한 다음 날 아침 하혈이 비쳤다 〈입원하세요〉 이젠 유산을 막기 위해 입원했다 한 달 가까이, 유산기를 간신히 잡고 난 뒤였다 〈기형아 검사를 하는 시기입니다〉 또 의사가 시키는 대로 했다 순항을

위해, 검사 결과 기형아를 의심하는 수치였다 육안으로 아무 이상도 발견할 수 없고 원인도 알 수 없는데 수치가 그렇게 나온 것이다 검사한 의사조차도 검사를 의심하는 검사를 한 것이다

경상대학교 응급실

밤새도록 심한 통증을 앓았다. 새벽이 다 되어 배를 감싸안고 병원을 찾았다. "누워 있으세요." 간호사는 간이침대 하나를 정해주고는 가버렸다. 아무 조처 없는 응급실에서 아픔을 움켜쥐고만 있어야 했다, 집에서와 같이. 불규칙하게 오고 가던 통증이 잦아들었다. 소변이 마려웠다. 변기에 앉자 내 속에서 뭔가 뭉텅 빠져나갔다. 변기에 있는 핏덩이를 한참 동안 내려보았다. 이상하게 하나도 아프지 않았다. 임신 3개월의 통증은 태반이 분리되는 과정이었다. 화장실에서 내리는 물소리를 타고 내 아픔은 깨끗이 빠져나갔다. 응급 상황이 끝난 빈 몸에 산부인과 수련의들이 나타났다.

"화장실에서 유산되었어요."

"그럼 자궁에 남아 있는 찌꺼기를 씻어내야 합니다."

수련의들이 산부인과 처치실 침대에 누운 날 둘러쌌다. 그중 한 명이 처음 보는 장비로 내 자궁을 씻어내는 일을 맡았다. 유산통보다 더 아팠다. 나도 모르게 내 오른편 의사의 손을 붙잡았다. 그가 내 손을 떼어냈다. 다른 수련의의 웃음소리가 짧게 들렸다.

유산을 하였다

뱃속의 아이는 너무도 조용하였다
임신 4개월째, 계류유산
나의 네 번째 임신이었다

의사는 날 마취시켰고 내 몸에서 아이를 분리하였다 모두 나를 위한 것이었다 집으로 곧장 돌아오지 않고 남강을 찾았다 마른 갈대같이, 깡마른 햇빛을 받으며 숨 죽인 강물은 어른거렸다 죽음을 생각했다 강물의 깊이와 내 죽음의 깊이를 견주어보았다 내 속에 아이는 더 이상 자라지 않는다

모든 삶은 죽음과 손을 불끈 움켜쥐고 있다
주님, 저는 또 제가 보호해야만 되는군요
제가 저를 보호하고 난 뒤에만 나타나시는 주님
항상 일이 일어난 뒤에 나타나시는 주님

불임 클리닉

의사는 정밀하게 찍은 내 자궁 사진을 판독하였다.

"굳은살이 자궁을 차지하고 있어 자궁의 모양이 기형이에요. 유산의 원인은 자리를 잡은 아이가 자랄 공간이 부족해서일 수도 있습니다. 이곳에서는 수술을 할 수 없어요."

난 내 주치의가 써준 소견서를 들고 불임 클리닉에 용하다는 산부인과 전문병원을 찾아 서울행 비행기를 탔다.

레이저를 동원한 굳은살 제거 수술은 너무도 간단했고 수술 자국조차 발견할 수 없었다.

나는 하혈을 하고 있고 마취를 했기 때문에 얼마간의 휴식시간이 필요할 뿐이다.

첫 만남

소변 검사 결과 임신이다.

정확한 진단을 위해 산부인과에 갔다. 초음파 진단을 했다.

"아기가 보이지 않아요, 심장이 뛰는 것이 없는데요."

절망하고 검사대에서 내리려는데, 질 속으로 초음파를 해 보자고 했다.

심장이 박동하고 있었다.

아기가 애기집의 아래쪽에 자리잡고 앉은 것이다.

심장이 세상에 노크했다.

쿵쿵쿵쿵

임신 4개월

한 달에 한 번 있는 정기 검진일이다.

의사는 기형아 검사를 하는 시기라고 했다.

난 기꺼이 하지 않겠다고 했다.

현대 의학의 확률에 근거한 결과를 믿지 않기로 했다.

생명에 있어서 99%의 신뢰할 만한 결과라도 나머지 1%는 엄청난 것이다.

기형아 판정을 받았지만 건강한 아이를 낳은 엄마, 전혀 기형아를 의심치 않은 결과였으나 건강이 나쁜 아이를 낳은 엄마들의 이야기가 너무나 많다.

여러 차례 임신과 유산을 반복하면서 내린 결론이다.

그리고 기형아 검사의 신뢰도는 99%를 훨씬 못 미치는 것 같다. 그러면서도 하는 이유는 뭘까.

일단 50%의 신뢰도만 확보된다면 완벽한 것인 양 통용되는 현대 의학의 자기 과시에 피해를 보는 사람은 서민들이다. 우리나라 산부인과 문화는 환자의 소신을 더욱 절실히 필요로 한다.

만약 내 아이가 불행히도 허물을 가졌다면 내가 그 허약함을 채워줄 수 있어야 한다.

하느님, 부디 아이를 제대로 기를 수 있는 엄마의 자질을 제게 주소서.

우리 동네

"저 사람은 아이가 없어도 걱정을 안 해요." 절친한 아줌마가 다른 사람에게 날 말한다. 얼굴 없는 내 마음이 앉은 나무 의자가 삐걱거리기 시작해 불안해진다. '나는 아이를 학교에 보낸 아줌마들이 모여 앉아 커피를 마시는 오전에 함께하지 못한답니다. 내 아이가 학교에서 자라고 있지 않기 때문이에요.' 집에서 살아내기 위해 혼자 여행을 떠나는 나에게 어떤 아줌마는 자신의 외도를 털어놓은 적 있다. '당신의 지긋지긋한 불화마저도 내겐 도달해야 할 행복입니다.' 굳이 말하지 않고 웃어주기만 했을 뿐인데 어느새 난 자유분방한 여자가 되어 있었다.

아파트 벤치에 앉아 햇빛을 쪼이는 동네 사람들은 나를 알고 어두운 나는 동네 사람을 모르고.

걸음걸이도 조심스러웠다

7개월째, 재래시장에 들렀다.

아기 옷을 파는 난전에 예쁜 옷들이 걸려 있다.

눈에 띄는 옷에 다가가다가 배를 부딪혔다.

아기를 보행기에 태우고 뒷걸음질 치는 새댁의 엉덩이에

그도 나도 장을 보는 걸음걸이였다.

하지만 난 계속 신경이 쓰였고 배에 아주 가벼운 통증을 느끼기 시작했다.

결국 새벽에 병원 응급실을 찾았다.

잠을 깬 의사가 부스스한 머리로 나타나 몇 가지 검사를 했다.

"아기를 낳을 때까지 또 날 몇 번이나 깨울 건가요."

귀찮은 일을 간호사에게 떠넘기고 숙소로 올라갔다.

아주 사소한 부딪힘에도

호들갑을 떨었다.

임신 8개월

의사는 오래도록 초음파 검사를 했다
아이가 한 손을 입에 대고 있어 입모양을 볼 수 없단다
간혹 언청이인 아이가 보이기도 했다는 것이다
난 그만 검사대에서 내려왔다
난 엄마다
내 아이에게 허물이 있다면
내가 덮어주어야 하기 때문이다
끈끈하게 묻어 있는 초음파 검사 시약을 닦아내었다

환자의 소신

드디어 산달이다. 내 몸은 코끼리처럼 커져 있다. 퉁퉁 부은 다리와 발에 맞는 신발이 없다.

"아이를 어디에서 낳을 거예요?"

"여기에서요."

"제왕 절개 할 거죠?"

"아뇨, 자연분만요."

"큰 병원으로 옮기는 게 어때요?"

내가 어렵게 골랐던 여자 주치의는 병원을 옮기라고 했다, 35세 노산에다 체중이 너무 많이 불었기 때문에. 난 하는 수 없이 경상대학교 병원을 갈 수 밖에 없었다. 그나마 우리동네에서는 제일 큰 병원이니까. 역시 제왕 절개 수술이었다.

아이를 낳은 지 하루 뒤 병실에 새로운 산모가 들어왔다. 첫째 아이를 제왕 절개로 낳은 그녀는 이번 두 번째 아이는 자연 분만이었다.

"병원에서 수술을 권했기 때문에 집에서 산통을 견디며 시간을 보내다 출산 직전에 병원에 왔어요."

병원은 꼭 필요한 부분만 의지한다.

태초

간밤과 아침엔 금식을 했다. 오늘 오전 11시에서 12시 사이에 아기를 낳는다. 내가 누운 침대가 밀려 나아갈 때 형광등 불빛이 빠르게 지나치는 병원 복도의 천장 길은 처음 가는 길이었다. 수술실 입구에서 날 기다리고 있던 남편과 선배 언니의 얼굴이 어른거리며 날 들여다보았다. 선배 언니가 내 손을 꼭 잡고 짧게 화살기도를 올렸다. 남편의 초췌한 얼굴이 멀어져갔다. 큰오빠를 진주에서 싣고 논산으로 떠나는 기차를 하동역에서 보았다. 아버지가 역무원에게 미리 말했기 때문에 신호를 받은 기차가 하동역 구간을 천천히 지나가며 우리에게 시간을 주었다. 우리를 먼저 발견한 오빠의 큰 두 눈이 싱긋 웃고 있었다, 차창 너머로. 박박 민 머리가 하얀 큰아들에게 아버지는 손을 흔들었고 엄마는 울었다, 나도 따라 울었다. 그들이 그 간이역 같은 데서 날 배웅해주었다. 터널 속으로 사라질 때까지.

"무서우세요? 잠을 좀 자면 괜찮을 거예요."

따뜻한 손이 내 손을 잡자 수술실 천장의 둥근 테두리 안에 박혀 있는 전등이 스르르 눈을 감았다. 칠흑처럼 어두운 밤이었다.

경상대학교 산부인과 병동

대학병원 산부인과 병동의 6인실은 감옥이었다. 난 한숨도 자지 못했다. 밤새도록 사람들이 들락거리고 침대와 침대 사이는 너무도 가까웠다. 산모들은 모두 이곳으로 올 수밖에 없는 사연을 한결같이 갖고 있었다. 내 침대 맞은편 산모는 23세, 아주 젊은 부부다. 〈아이의 머리가 기준치보다 크기 때문에 다니던 동네 병원에서 이곳으로 옮기라고 했어요.〉 바로 옆의 산모는 뱃속의 아기가 자궁암을 앓고 있다고 했다, 정확한 것은 아이를 낳아 수술을 해봐야 알 수 있지만. 〈그 사실을 안 뒤부터 화가 나서 커피를 마음대로 마셔버렸어요.〉 한밤중 그녀의 젖은 눈시울을 봤다. 항상 내 아픔으로 젖어 있던 난 그녀와 그녀의 아이를 위해서 기도했다. 이 세상의 모든 아픈 사람들을 위해 기도했다.

유산 때마다 매번 1인실에 있었지만 이제 나의 분수에 맞지 않는다고 판단했다. 내가 아는 사람들은 모두 6인실에서 병을 치료하고 있었기 때문에, 병문안을 갈 때마다. 난 6인실을 선택했다.

경상대학교 병원 신생아실

출산 5일째의 저녁밥이다. 밥숟갈을 드는데 신생아실에서 호출이 왔다.

긴 머리의 체구가 작은 어린 레지던트가 나를 맞았다.

“성병에 걸린 적 있어요? 아기의 눈에 눈꼽이 끼고 피부병을 앓고 있어요. 아이를 힘들게 낳으셨더군요. 정진남 씨 환자 이력을 다 봤어요.”

고음의 아주 가는 철사줄을 퉁기는 목소리였다.

만약 그렇다면 아이에게 치명적이라고 했다.

내 손가락이 어른거렸고 난 나를 의심했다.

“난 성병에 걸린 적이 없는데요. 내가 알고 있는 한.”

그리고 또 남편을 의심했다.

아무 이상도 없었던 건 잠복기였기 때문이라고 했다.

한숨도 자지 못했다. 울면서 여기저기 전화했다.

다음 날 아침 일찍 신생아실에 들렀다. 얼굴에 잔주름이 조심스럽게 지고 있는 수간호사에게 인사했다. 어젯밤 전화에서 아버지는 그런 전공의보다 경험이 많은 간호사가 오히려 더 낫다고 말씀하셨다.

“피부는 잘 씻겨 로션을 발라주면 간단히 나아요. 눈은 눈

병이 걸렸구요. 걱정하지 마세요."

아침 회진에서 소아과 교수가 한 말을 낮은 목소리로 전해 주었다.

아버지

“이제사 사람 노릇했구나.”

아버지가 병원에 오셨다. 어디 가서 물어보니 안 가는 게 좋다더라며 못 오신다더니, 서운해하지 말라시더니

통통 부어 누워 있는 날 보시고

“이제 그만이다.”

침대 밑에 돈을 넣어주고 가셨다.

“언제 아이를 이렇게 잘 키웠어요.”

아이를 훌쩍 키운 아줌마를 길에서 만났다.

“낳으니까 저 혼자 잘 자라던데요, 콩나물처럼.”

그래요 하려는 사이에 아버지가 전화를 하셨다.

“아이는 그냥 대충 키우는 게 아니야. 지성으로 길러야 한다.”

출산 3일째

처음 나의 성규를 안아볼 수 있었다

숨을 쉬고 있었다 어른보다 빠르고 또렷한 숨소리

놀랍고 신기한 생명체이다

어렵고 조심스러운

나의 하느님

드디어 배꼽이 떨어졌다

성규가 태어난 지 10일째다. 배꼽 소독을 오전에 목욕 시킨 후에 한 번, 오후에 한 번 더 했다. 조금 있다가 울어서 기저귀를 보려고 봤더니 탯줄이 떨어졌다. 우리 성규 축하해, 예쁜 아기.

예전에 엄마가 첫 손주를 보면서 하던 말을 따라 말해주었다.

"오뉴월 개같이 자라라."

호호

다섯 살 성규와 진양호 삼림욕장을 등산했다.

"엄마, 다리 아파. 업어줘."

"엄마도 다리 아파. 우리 똑같이 아픈데 성규만 업히면 불공평하지. 우리 공평하게 각자의 다리로 걸어가자."

"좋아."

제2부

성규가 웃고 있다

남편이 성규의 공부를 도와준다
드디어 성규가 짜증을 낸다
"난 그런 식으로 안 푼단 말야"
"성규 아빠, 저 녀석 공부 도와주지 말아"
"엄만 나 싫어하려면 싫어해라"
난 밥을 하고 있고 오랜만에 성규가 짜증을 맘껏 내고 있다

엄마와 나

아주 어렸을 때, 초등학교 그 이전에. 엄마와 똑같은 원피스를 입고 하동읍 5일장에 갔다. 소독약, 검은 고무줄, 그릇들 많은 난전이 펼쳐져 있다. 사람들이 북적대는 시장 속을 곱게 단장한 엄마 손을 잡고 걸었다. 갑자기 엄마가 어떤 거지 아저씨에게 버럭 화를 내었다. 나에게 검정을 묻히려고 했던 그 아저씨가 웃고 있었다, 더러운 차림새 더러운 얼굴의 남자 어른이.

하교 시간에 조금 늦게 도착한 학교, 성규는 울고 유치원 때 친구 성원이와 아이 한 명은 성규 어깨를 붙잡고 한 명은 나뭇가지로 성규의 고추를 건드리려고 하면서 낄낄거리고 있었다. 천둥소리에 화들짝 놀란 아이들이 달아나고 나는 운동장을 가로질러 교실로 갈 여유도 없이 담임선생님께 전화를 걸어 소나기처럼 쏟아졌다.

너무 짧은 하루

"엄마, 우리 오늘 밤새도록 신나게 놀아보자 축구도 하고 야구도 하고"

"싫어"

"그럼, 엄만 뭐 할 거야?"

"난 공부할 거야"

"난 어두워지는 게 싫다 자야 하니까, 밤이 제일 싫다 엄마는?"

"엄마도 그래('엄마는 밤이 좋아')"

장난감 가지고 놀기, TV 보기, 그림 그리기, 욕조에서 놀기, 그냥 놀기, 혼자 놀기, 엄마랑 놀기, 잠들기 전에 책 읽기

하루 종일 해야 할 일이 너무 많은 성규는 항상 공부할 틈이 없다

성규의 낮이 짧아질수록 나의 밤은 찾아오지 않는다

성규의 힘

남편이 자동차에 두고 온 지갑을 가지러 나갔다.

티격태격 화가 나 있던 나는 현관문을 안에서 닫아걸었다.

"엄마는 사람을 좋아하는 법을 배워야 해, 사랑하는 법을."

성규에게 정곡을 찔렸기 때문에 되려 흐뭇해지려고 했다. 내 표정을 살피더니 다시 말했다.

"엄마, 저 문은 바람이 불면 열릴까."

'성규가 힘들어하는구나.'

나는 고개를 끄덕거리고 성규를 외면해주었다.

"엄마, 바람이 불었나 봐."

남편이 들어왔다.

비밀번호를 알 수 없는 닫힌 마음을 아이는 열 수 있다.

일곱 살

늦은 밤 소파에 앉아 있는 성규에게 눈을 맞춰주었다.

"낮에 엄마가 화낸 거 미안해."

"엄마, 힘들지?"

"응."

"엄마도 나를 사랑하고, 나도 엄마를 사랑하는데, 사랑하는 데는 힘이 든다. 그치?"

장래 희망

엄마, 나 이다음에 커서 팽이 선수가 되고 싶어
국경 없는 의사 안 할래

엄마 나 다음에 커서 공사하는 사람 될래, 집도 고치고, TV도 고치고, 장난감도 고치는, 모든 부서진 것을 고치는, 멋있잖아

이제 난 축구선수가 될 거야

엄마, 나 경비 아저씨 될까, 아이를 잘 돌봐주잖아

아버지, 성규 얼굴이 달라진 것 같아요
얘야, 아이의 얼굴은 열두 번도 더 바뀌는 거란다

성냥불처럼

걸레질을 할 때마다 성규는 내 등에 기어오른다
난 너무 힘이 들어 이내 성규를 내린다
또 아예 태워주지 않는다
내 어릴 적 엄마는 방을 닦을 때 날 엄마 등에 태우곤 하셨다
날 부르던 엄마의 흐뭇한 표정과 봉창으로 들어오던 환한 햇빛
오늘은 성규를 불러 내 등에 태운다
방을 다 닦을 때까지 햇빛이 기울지 않았을까
이 기억이 어른 성규를 환하게 할 수 있을까
외롭고 추운 날 성냥을 켤 때마다 떠올라
영혼을 따뜻하게 지펴주는 성냥팔이 소녀의 성냥불처럼

어른들

"저렇게 운전을 못하나."

남편이 투덜거렸다. E마트 주차장에서 주차를 하려던 줄 알았던 앞차가 갑자기 우회전을 한 것이다. 들이받을 뻔했다.

"신호를 넣어야지, 그렇지? 엄마, 엄마한테 내가 운전 가르쳐줬잖아."

성규가 거들었다.

"오른쪽으로 갈 때 오른쪽 신호 넣는 법, 왼쪽으로 갈 때 왼쪽 신호 넣는 법."

처음 운전할 때 성규가 많은 힘을 주었다. 엄두가 나지 않았고 운전을 할 때마다 온몸에 힘이 죽 빠졌다. 그럴 때마다 성규가 육성으로 깨우쳐주었다. 기어 넣을 때, 사이드 브레이크 넣을 때, 차선을 바꿀 때.

"성규는 어떻게 이렇게 잘 알아?"

"유치원 버스를 탈 때, 아빠가 운전할 때 봤다."

남편도 그 어느 누구도 막상 운전을 시작할 땐 이런 세심한 부분을 다시 가르쳐주지 않는다, 되려 화를 낸다.

"생각도 행동도 우리 성규보다 못한 어른들이구나."

먹지 못한 유기농 채소

남편이 청소를 한다. 더러운 곳만 빼놓고 깨끗했기 때문에 침대에 눕는다, 냉장고 안의 오래된 고추나 오이처럼.

"성규야, 어서 수학 남은 분량 다 해."

"엄마도 그럼 공부해라, 나한테만 공부하라고 하지 말고."

"너 빨리 아빠한테 전화해, 아빠랑 같이 산다고."

"나 전화하기 싫어, 아빠랑 싸우지 말고 잘 지내라."

우는 성규는 책상에 앉아도 책을 보지 못한다.

"나도 엄마랑 같이 자고 싶어."

내 팔을 벤 성규가 눈을 감고 싱싱한 잠을 청한다. 코가 막혀 제대로 숨을 쉬지 못해 힘들어한다. 시들고 상한 엄마와 아빠는 아이에게 악취를 풍긴다. 아이를 제대로 먹이지 못한다.

외아들

“연애를 했으니 결혼을 해야지."

늙은 생각을 엄마에게 말했을 때

“차라리 혼자 살아.”

엄마는 스물여섯 살 내 젊은 강물로 대답했다.

“해줄 것 다 해줄 테니 너도 받을 거 다 받아.”

나만을 위해 출렁거려주던 엄마가 서울대학병원 응급실 화장실에서 넘어지셨다.

제일 먼저 달려 온 언니가 나를 껴안았다.

속속 모인 형제들이 다시 급하게 고향집으로 내려가 누가 먼저랄 것도 없이 울음을 터트렸다.

함께 울던 사람들

성규에겐 언니가 없다.

하느님, 살아나세요

엄마, 하느님은 죽었는지 몰라

나이가 너무 많아

억 살 정도로

그래서 소원을 빌어도 이루어지지가 않아

우리 엄마 화내지 않게 해주세요

빌었는데,

엄마는 계속 화를 내거든

3월 18일(화)

잠자리에 든 성규가 눈을 감고 말한다

"엄마, 초등학교에 다니니까 친구들 다 잊어버리겠다 김성원, 박한세, 김성원, 도민준, 김성후, 김성후, …… 그 다음은 모르겠다"

생각이 나지 않아 돌아눕더니 곧바로 잠이 든다

다음 날 하굣길에 성규에게 말한다

"성규야, 정말 친구들 생각 안 나? 그럼 엄마랑 같이 말해 볼까"

김성원, 박한세, 이서린, 도민준, 김성후, 선윤재, 김서연, 백금비, 백석동, 김원, ……

"엄마, 열매반 친구들 모두 열여덟 명이야"

"열 명밖에 생각이 나지 않네. 여덟 명이 남았구나"

"엄마, 그럼 열여덟 명 맞지"

헤어진 후에 생각한다 불러본다 마음속으로

경이, 은지, 진숙, 희정, 혜숙, 양규, 유청, 주한

아무것도 모르고 우르르 골목길을 달려 나온다 뒷산 골짜기에서 물방울들 계곡물로 쏴아 미끄러져 내려온다 짧은 원피스 속 내 팬티는 온통 흙에 얼굴을 파묻고, 나무에서 투두

둑 떨어진 밤톨들 데굴데굴 굴러 내려간다 이십 년 삼십 년 굴러 내려간다 흩어진다 어딘가에 박혀 있어 어디 있는지 모르겠다 잊어버릴 줄 알았던 잊어버리지 않은 물방울들 성규의 눈망울에 맺혀 살아 어른거린다

"엄마, 2학년이 돼도 친구들 생각날까, 내가 할아버지가 되면 친구들 한 명도 생각나지 않겠지"

"생각날 수도 있어, 성규의 아들이 초등학교 일학년 입학을 하면"

모두의 일

"당신, 왜 재활용 휴지 안 비웠지?"

"그것도 버려야 하는 것이었어?"

남편이 휴지 상자를 들고 나간다

"그건 엄마가 할 일이잖아"

"아냐, 다용도실은 아빠가 청소당번이야"

설거지를 하고 있었기 때문에

왜 엄마가 할 일이냐고 물어보지 못했다

남은 밥이 음식물 쓰레기통에 비워지고 개수통에 담긴 그릇처럼

난, 나 자신을 잃었나 보다

마음이 없었나 보다

성규의 말을 간단히 받아넘긴 건

나 자신을 믿지 못했기 때문이었나 보다

초봄

감나무 새순이 꽃봉오리로 피고 있어요.

수양복숭아가 파 심호흡을 하기 위해 입술을 잔뜩 오므리고 있구요.

아이들의 웃음소리가 운동장에 울려 퍼져요.

점심을 먹은 아이들이 줄넘기를 하고 있어요.

자동차는 개나리 가지 사이로 지나가고

"아이, 덥고 힘드네."

부지런히 봄 한복판으로 달려가던 남자아이가 풀썩 주저앉으며 손등으로 이마에 땀을 훔칩니다.

나는 학교 나무 의자에 앉아 기다립니다, 아직 혼자 집에 가는 길을 모르는 아이 때문에.

"성공!"

몰래 다가온 아이가 나를 화들짝 놀래켰습니다.

감나무 새순과 수양복숭아, 수백나무, 개나리, 운동장에서 뛰어놀고 있는 아이들은 모두 성규의 편입니다.

목련, 매화꽃이 큰 소리로 내게 다가와 활짝 핀 얼굴로 깔깔 웃었습니다.

우리 꽃나무들은 손을 잡고 집으로 걸어갑니다.

해송

성규가 다니는 학교 정원에는 늙은 해송 한 그루가 산다
"엄마, 새싹이 왜 잘려져 있지?"
해송 가지가 전정되어 수북하다
정원사는 보이지 않고, 사다리만 나무 등걸에 기대어져 있다
"글쎄, 정원사 아저씨가 웃자란 나뭇가지를 잘랐을까"
"엄마, 돌에 글자가 있어"
4283년 5월 5일 본과 2회 졸업기념 식수
"쉰아홉 살"
"그럼 늙은 나무네"
"저것 봐, 건물보다 키가 크지"
성규와 함께 팔을 뻗어도 아름드리 껴안아지지 않는
나무는 이곳에 심어지면서부터 잘리워지기 시작했겠지
교사보다 훨씬 커져 있는 지금까지도
이 학교에 딱 맞게
"엄마, 우리 이것 심어주자"
잘린 가지를 들고 집으로 왔다

목련꽃 그늘 아래서

진주교대 부설 초등학교 대학 본관 앞 목련나무는 아름드리
“꽃눈이야! 엄마, 우리 눈받기 놀이 하자”
“좋아, 시작! ”
하르르 떨어지던 꽃잎들 자취를 감춘다
성규와 나는 목련꽃 나무를 우러러 두 손을 펼치고 하염없이 눈송이를 기다린다
두더지 잡기 놀이처럼 난데없이 떨어지는 꽃눈이다
한 잎도 잡지 못하고 한겨울 강아지처럼 깡충깡충 뛰어다니기만 하는
매번 때를 놓친 두더지 잡기 망치처럼 탕탕 헛손질이다
꽃눈을 가득 주워 성규에게 뿌리고 차에 탔다
아이, 차가워, 발에 묻어 있는 눈을 털었다
성원이가 교육 탑에 앉아 있었다
“성원아, 뭐 해?”
“학원 차가 안 와요”
두더지 잡기 오락기는 쓸모가 없어지고
꽃눈이 갈색으로 녹고 있었다

잘 타일렀습니다

"성규야, 즐거운 1학년 책이 왜 이래? 성규 글씨 아니네"

"응, 예린이가 책을 안 가져와서 왔다 갔다 썼어"

"그래, 근데 이쪽은 왜 예린이만 썼어?"

"내가 쓴다고 했는데, 그 아이가 다 써버렸어"

"알림장은 또 왜 이래?"

"내가 하지 말라고 했는데, 예린이가 자기가 써준다고 썼어"

"그럼, 이 낙서는?"

"예린이가…… 하지 말라는데도"

"그럼, 선생님께 말씀드려"

"엄마가 말해줘"

성규를 학교에 보낸 아침 문자 메시지를 보냈다

"선생님, 짝지를 잘 타일러주세요"

거북이와의 대화

거북이 두 마리를 들여다본다
사각 수조에서 성규가 주는
새우와 멸치를 받아 먹는다
큰 먹잇감은 쥐어뜯어 먹는 것이 예사롭지 않다
"딱딱한 등껍질을 짊어지고 있어서 무거울 것 같아"
학교 가는 길에 성규가 걱정을 한다
"엄마, 거북이 잘 있을까"

마음의 힘

"엄마 다 했다"

성규가 숙제를 마쳤다

"이렇게 빨리 끝냈어?"

"빨리 하려면 힘과 마음을 함께 사용하면 돼"

빨래 바구니에 마음으로 걸어가 힘을 쓰자 밀린 빨래가 깨끗이 씻겨졌다

TV, 오디오, 장식장, 집 구석구석 먼지가 수북하다

마음이 땀을 내지 않은 곳으로 발을 돌린다

이야기

"동화책 읽어줘"

잠자리에 들면서 성규는 동화를 듣는다

바위나리와 아기별

제목을 읽자 성규가 말한다

"엄마, 동화책 제목에는 '와'가 제일 많다 뭐와 뭐로 되어 있는 게 제일 많아 선녀와 나무꾼, 팥죽할머니와 호랑이, 황소와 도깨비, 해치와 괴물 사형제, 알리바바와 40인의 도둑, 사자와 빨간 작은 새, ……"

싫든 좋든 함께 살던 것들이다

살아 있는 것만이 이야기를 만든다

나란히 서로 기대고 누워 책을 읽는

성규와 나

제3부

불쑥 끼어들어

아이는 옥타비오 파스의 『우리 집에 온 파도』를 읽는다. 주인공 가족이 바다에서 파도를 데려오면서 시작되는 이야기는 파도를 다시 바다로 돌려보내며 끝을 맺는다, 머리에 팔을 괴고 누운 아이가 하늘을 보며 다음번 휴가엔 구름을 데려와야지 라고 중얼거리며.

"구름을 어떻게 가져온단 말이지."

주인공 아이가 대답하기 전에 내가 불쑥 끼어들었다.

"마음에 담아 온다는 말이겠지."

"어떻게 담아와."

"생각으로 담겠지."

"이 속에 구름을 담을 수 있다는 것이야?"

자기 가슴과 내 가슴을 두드린다.

"내가 널 사랑하는 마음처럼, 성규가 엄마를 사랑하는 마음처럼 구름을 생각한다는 말이겠지."

아이는 잠자코 있다가 학교에 갔다. 말문을 닫고 있던 주인공 아이는 내가 청소할 때 책꽂이 속으로 걸어 들어갔다.

비디오게임과 삶

"엄마, 이게 어떻게 된 거야? 자꾸 소리가 나잖아"

일곱 개의 창이 열려 있는 아이의 컴퓨터 모니터에선 지나간 게임들의 배경음악이 흐르고 있다

소리에 시달리는 아이는 지금 하고 싶은 게임을 진행하지 못한다

"창을 닫지 않아서 그래, 한 개의 게임이 끝나면 창을 닫아야 하거든"

현재 창을 남기고 아이가 거쳐온 여섯 개의 창을 닫는다

릴로가 둥근 공을 부지런히 주워 담고 스티치가 속도를 낸다

현재 창의 실력은 지나온 여섯 개의 창문 속에서 나온 것이다

이미 끝난 일이 있다면 얼마나 간편할까

창만 닫으면 또 다른 삶이 시작된다면 얼마나 쉬울까

말도 안 되는 비눗방울이 있어

"터지지 않는 비눗방울이야 사줘, 놀이터에서 아이들이 갖고 놀고 있었어"

"뭔데"

"본드로 만든 것이었어"

"냄새가 날 텐데"

"냄새 나도 안 맡으면 되잖아"

"냄새는 자신의 의지와 상관없어, 코를 막지 않는 이상"

"문구점에 있으면 사줘"

우리 동네 대성문구에는 다행히 팔지 않았다

말이 되었다

삼만 원

나는 지금 범칙금을 납부하러 가는 중 부과 내용은 다음과 같다

모르는 핸드폰 번호가 뜬다

아이가 울고 있다

"엄마, 왜 빨리 안 와?"

"너 어디니? 로봇 시간이잖아"

"엄마가 공을 가져가야지, 교육탑 뒤야"

"누구 전화니?"

"아저씨"

양 날개를 옆구리에 붙인 나의 마티즈는 목표물을 향해 물속으로 내리꽂히는 물총새처럼 내달았다

운동회 때 사용했던 공을 오늘까지 집에 가져가지 않으면 선생님이 버린다고 했기 때문에, 농구공만 한 탱탱볼을 내가 중간에 가지러 온다고 알고 있었다

손주를 데리러 온 할아버지에게 연거푸 인사를 하고 돌아오는 길 안전벨트 미착용으로 3만 원을 부과받았다 5분도 안 되는 아주 가까운 거리에도, 피치 못할 사정이 있어도 조카녀석 같은 의경에게, 아이를 도와준 할아버지께 주스라도 한

병 사드리지 못한 양심을 묻는 것이다 사소한 거리라도 지켜야 하는 최소한의 범칙금을, 범칙금 납부 통고서를 받아 들고 현관문에 열쇠를 끼운다

인생길 도로교통법 제163조에 의해 위와 같이 범칙금의 납부를 통고하오니 기한 내에 양심 관할 경찰서에 납부하시기 바랍니다

차가운 물 줘

성규를 꼭 껴안았다
그렇고 그런 엄마를 용서해

에스, 샌드, 싱, 썬, 식스, 삭, 시얼
영어 카세트테이프는 울려 나오는데 성규는 장난을 친다
나는 계속 테이프를 되감고 켜길 반복하고 장난을 치는 성규는 되려 짜증을 낸다
"왜 자꾸 반복하는 거야? 4시까지 못 마치면 쿵야쿵야 못 본단 말야"
"네가 집중을 안 하니까 그렇지"
화를 누르고 있던 손이 성규 머리를 밀고 만다
성규는 내 머리를 밀며
"차가운 물 줘"
장난스레 웃는다
정신 차려 성규 어깨를 세게 때린 후
물을 마시지 못한 테이프는 재생된다
테이어, 텐, 테이블, 텐트, 타이글, 탑
다 돌아가기가 무섭게 창가에 있는 내 어린 화분은 텔레비

전으로 얼굴을 두고 있다

화부터 내지 않고
왜 화가 나려고 하는지 말하는 것
우격다짐하지 않고
중요한 이유를 간절하게 말하여 설득하는 것은 어렵다
쉽고 간단한 엄마가 자식을 훌륭하게 키울 수 있을까

따로 또 같이

성규에게 가는 길 학교 화단에는 여러 가지 꽃이 피었다 백목련 적목련 개나리 벚꽃 홍도화 제비꽃까지 운동장에서 공차기 놀이를 하는 아이들은 서로 닮았다 1학년 아이 부모들 틈에 낀다 혼자만의 정원이 아니라 함께하는 동산이라 좋다 자기 나름 목소리로 핀 꽃들이 서로 어울린다 우르르 나온 아이들이 모두 내 자식 같다 우리가 각자의 집으로 돌아갈 때 마른 잎 사이로 새순이 피기 시작하던 음성 꽃동네의 소나무를 본다 그곳 식당 문에 씌어 있던 글귀를 읽는다

함께하되 홀로 서라

항온동물

"엄마, 이젠 들어와"

목욕통에서 한참을 놀다 지친 아이가 부른다

몇 번을 기다려라 하다 목욕통으로 들어간다

"드디어 따뜻한 나의 여신이 들어왔어요"

식은 물을 찰박이는 아이가 내 손을 볼에 갖다댄다

"아이, 차가워"

저녁 일을 마친 엄마가 방에 눕는다

엄마의 팔과 볼은 언제나 시원하다

엄마의 옷에서 나는 군불 냄새도

"아이, 뜨거워, 저리 치워"

엄마의 고단함을 알지 못하는 어린 손은 항상 뜨겁고

내 손이 차가운 물에 시릴 때 엄마는 따뜻한 손으로 나를 감싼다

아이만이 항상 차갑다 뜨거웠다 한다

벽

우리 집에

벽이 필요하다

새 책꽂이를 세울 벽이

대학 시절 보던 책들을 거실로 옮긴다

"엄마, 내 책꽂이를 마련해주어 고마워요"

사방이 빈 벽인 성규가 다가온다

엄마와 아빠가 세워져 있을 것이다

언젠가 엄마가 잠시 그 자리를 빠져나왔을 때 소스라친 아이가 울고 있는 것을 보았다

또 아빠를 비우자고 했을 때

아빠들은 모두 장난꾸러기이니 이해하라며 눈물을 보였기 때문이다

책꽂이는 기꺼이 아이 방에 자리를 잡는다

언젠가 스스로 새 책꽂이를 마련하면 치워질

키가 큰 사람

"키가 큰 사람을 그려보자"

"좋아"

성규는 쓱쓱 쉽고 간편하게 그려나간다

얼굴이 동그란 사람의 다리는 강줄기처럼 길~다

그 사람이 왼손을 높이 뻗친다

나뭇가지가 아니라

우체국에 나부끼는 태극기가 아니라

아파트 6층 우리 집이 아니라

구름을 잡는다

여기서 끝난 게 아니라

키가 작은 사람을 옆에 세운다

정말 우뚝하게 큰 사람이구나 감탄하는 동안

성규는

큰 사람의 오른손을 잡는다

그리고 그 손을

키가 작은 사람의 손에 꼭 쥐어준다

키가 큰 사람은 항상 키가 작은 사람 옆에 있다

주운 벼이삭

아이는 백 점을 맞는다면 뭐 해줄 거냐고 묻는다
시험 공부를 제대로 하지도 않고
어머니는 길에서 돈을 주우면 재수가 없다고 하셨다
얼른 떡을 사서 나눠 먹어야 한다고
아이가 자주 들르는 문구점 앞에 오십 원 동전이 떨어져 있다
그냥 지나치고
한참을 가다 다시 돌아가 줍는다
하늘에서 뚝 떨어진 벼이삭 한 단
내 손으로 베어내지 않아 낟알이 떨어지지 않는다

걸레질

걸레질을 할 때마다
아이는 내 등에 올라타고 말타기 놀이를 한다
이랴 소리칠 때마다 거실 바닥에서 풀들이 솟아난다
깔깔깔 내지르는 웃음소리에 진땀을 흘린다
아이의 도착지는 이 초원 어디에도 없기 때문에
말은 지칠 때까지 달린다
하마비가 세워지고

나는 사람으로 다시 환생하는가
말고삐를 단단히 거머쥔 주인은
말굽을 갈아 끼우고 울 밖을 훌쩍 뛰어넘는다
유목인을 따르는 하늘에
따각따각
별과 달이
알전구를 켜고
알전구를 끄고

은유

아이는 고무줄이다
노란 동그라미의 고무줄이다
그 속에 나와 남편이 산다

아이는 동그라미다
동그란 고무줄의 집이다
지친 엄마를 탱탱히 잡고 아빠를 기다리는
바쁜 아빠의 차를 세우고 늘어지게 엄마를 기다리게 하는
점점 확장되며 전이되는
저 조그만 고무줄의 힘

옷

성규는 꽉 끼는 셔츠 단추를 서둘러 풀고 벗어버린다

"영어 단어 세 번씩 써라"

"두 번 쓰는 거야"

"세 번이라니까"

"두 번이야"

"너 내 스타일 아니다"

"그럼 내가 엄마가 입는 옷이란 말이야?"

두 번이 정답

샤워 후

"엄마, 아이 추워"

"나무들도 춥다고 오들오들 떨고 있어"

"엄마, 안 보여"

"봐 입을 꼭 다물고 있잖아"

고추를 한 손으로 가리고

가리키는

저 벤자민 화분

추위에 입술이 파래진 초록 잎들

큰 입

"엄만 귀는 없고 큰 입만 가지고 있나?"
성규의 말을 가로채 내가 할 말을 다했다
거울을 보니 내 얼굴에 열 개의 입이 달려 있었다

햇빛

맞춤법이 틀린 편지

봄 공원 가장 자리를 잡고 앉아 노란 이야기꽃을 좁쌀로 맛있게 피우는 풀포기들

꽁꽁 언 겨울 강을 찾아다니는 청둥오리 떼의 자맥질

새벽 길을 쓸고 있는 청소부 아저씨의 비질 소리

우유 배달 아주머니의 손수레 소리가 멈추자

현관문에 달린 우유주머니가 깨금발로 ㄷㅜㅇㅜㅇ 부딪는 소리

재수 시절 부산학원 정문 앞 하숙집에서 읽던 엄마의 편지

걸레질하는 그녀의 등에 올라탄 여자아이가

엄마가 되어 걸레질을 할 때 받는 아버지의 전화

아가, 아이는 예사로 키우는 것이 아니다

잠자던 아이가 한밤중 물린 손가락을 들고 친구는 용서해야 한다고 아픔을 참으며 울 때

나보다 품이 큰 아이를 안아보는 겨울밤

물푸레나무로 푸르른 가난한 시인의 강물 소리

오늘이 아니라 다행이지

운동회날이다 즐겁기보다 어색하고 긴장된다 친한 엄마도 없고 유치원 친구 한세 엄마 곁에 머뭇거리며 다가선다

"한세 선생님은 아이들을 때린다고 하네요"

성규네 반 엄마들 틈으로 간다

"태우에게 선생님이 때리냐고 물어보니까, 때린대요"

"원준이도 그러데요 맞았냐고 물어보면 자기는 쏙 빼고 말을 해요 하지만 얼굴이 빨개지는 걸 보면 내가 다 알아요"

운동장에는 줄넘기 대회에서 마지막까지 살아남은 아이들에게 상을 준다는 사회자의 목소리가 울려 퍼진다 상을 전달하는 교사는 손을 내미는 아이의 무릎 밑에 공책을 팩팩 집어 던지며 바삐 다른 아이에게로 걸음을 옮긴다

잠자리에 누워 성규에게 물어본다 4반 엄마들처럼, 아니 1학년 엄마들처럼

"성규야, 선생님한테 맞은 적 있어?"

"응"

"어떻게?"

"선생님이 손바닥으로 귀를 때렸는데 소리가 크게 들렸어"

"무엇 때문에?"

"파일 정리 할 때였는데 기억이 안 나"

파일은 4월 11일 알림장에 가져오라고 적혀 있었다

"선생님이 뭐라면서 때렸어?"

"말 안 들으면 이렇게 맞는 거예요, 했어"

"울었니?"

"응. 선생님이 그치지 못해 그랬다"

"너만 그렇게 맞았어?"

"아니, 우리 반에서 제일 통통한 여자 친구도 맞았어 그 아이는 크게 많이 울었어 난 네 살 때부터 소리가 크게 들릴 때가 있어"

지친 아이가 졸음에 겨워 눈을 감고 겨우 말한다

"너 선생님 좋아?"

"아니, 이상한 느낌이 들어"

"언제 그랬어?"

"3월이나 12월쯤이야 오래전이야 엄마, 오늘이 아니라서 다행이지"

제4부

무서움

머릿속의 시계가 빨리 가서 나는 지금 책을 읽으러 갈 거야
문이 지금 흔들리는 이처럼 흔들리고 있었어
아이는 지금 기분이 좋다

오후 4시 겨울 산을 산책한다
해골이 된 나무숲을 오른다
괴물이 나오면 어떡해
안개가 낀 것 아냐
어, 저거 뭐지?
초록색 말이야
아아, 소나무구나
아이의 시계가 멈추고 작은 문이 더 이상 흔들리지 않는다

나의 문은 빈틈없이 닫혀 정적만이 흐르고
시계는 잃어버린 지 오래다

소피(所避)의 세계

『소피의 세계』를 읽다가 성규에게 들려줄 이야기를 발견했다.

수학 학습지 +1을 직관적으로 술술 말하던 성규가 +2로 넘어가자 힘들어한다, 짜증도 내고 고함도 지르고.

나도 힘들어 혼자 공부하라고 방문을 닫고 나와버렸다. 어떻게 하나 창문으로 조용히 다가가서 보니 울고 있었다. 우는 모습도 예쁜 성규. 하지만 힘들어하는 모습을 기분 좋게 즐기는 건 완전한 타자의 폭력이다. 성규가 아니기 때문이다. 서둘러 달려가 안아주었다. 더 이상 난 어쩌지도 못하고 +2에 부딪힐 때면 계속 어려워하며 며칠이 흘렀다.

+1과정을 서너 번 반복 학습시킨 학습지 회사의 시스템이 오류인 것 같다, 반복하는 동안 술술 쉽게 되던 공부가 이젠 생각을 하여야 하니. 반복하지 않겠다고 해도 부득부득 반복을 시키는 교사에게 이번 주엔 단호하게 말해야겠다.

『소피의 세계』는 자칫 어려워할 수도 있는 열다섯 살 소피에게 자신을 밝히지 않은 사람이 편지 형식으로 철학 강좌를 진행시키는 이야기이다.

"이해하기 위해서는 자신의 노력도 필요하단다. 이제 너는

전혀 노력하지 않고 모든 일을 잘하는 사람에 대해 감탄하지는 않겠지."

변기에 앉아 있으면서 날 부르며 한사코 자기 곁에 있어 주길 원했기 때문에 그냥 우두커니 앉아 있기가 뭐해 읽어 주었다.

"엄마, 노력은 생각을 많이 해야 된다는 것이야?"

이제 됐다.

성규는 오늘 저녁 잠시 2쪽 분량의 +2를 순하게 풀었다.

2007년 11월 20일 화요일

성규 눈밑이 거무스럼하고 피곤해 보인다. 열감도 느껴져 소아과에 갔더니 감기 끝이라 그런 거란다. 소아과 건물 1층에 있는 도넛 가게를 지나올 때 먹고 싶다고 했다. 성규가 원하는 건 무엇이든 들어주어 활기찬 모습을 보고 싶었다. 성규는 눈깔사탕만 한 도넛 두 개, 가운데 동그랗게 구멍이 뚫려 한쪽 면에 초콜릿이 검게 칠해진 도넛 한 개를 아주 조금 따뜻한 코코아 한 잔과 먹었다. 입가에 묻은 초콜릿을 닦아 주기 위해 휴지에 물을 묻혀 달랬더니 주인이 물티슈을 주었다. 이 친절한 도넛 가게는 미국에 있어야 한다. 그래서 로열티를 지불하는 게 흠이다.

"빵 만드는 법 공부하나 봐."

생각 없이 나오던 내가 성규의 목소리에 되돌아보았다. 가게만큼이나 세련된 주인 아줌마가 손님이 앉는 테이블에 앉아 골똘히 수첩을 들여다보고 있었다.

가지런한 생각이다. 집으로 돌아와 현관문에 어지럽게 널려 있는 신발들을 정리했다.

호호, 난 성규의 좋은 엄마가 되는 공부를 하는 것일까.

나는 연습

성규가 세 번째 스키 캠프에 갔다. 다섯 살 때부터 시작된 연중 행사다.

"엄마, 나 가기 싫어."

"성규야, 너 엄마하고 친구지?"

"응."

"친구끼리는 서로 모르는 것을 가르쳐주어야 해, 그래야 더욱 많이 알게 되지. 엄마도 네가 물어보면 가르쳐줄 때가 있잖아. 너도 잘 배워서 내게 가르쳐줘."

그랬더니 순해졌다.

난 성규와 함께 서로의 날갯짓으로 이 세상에서 자유로워야 한다.

완전자

“어른과 아이는 서로 다른 점이 많단 말이야.”

늦은 밤 김치찌개를 끓여 밥을 먹자고 하니 성규는 목욕을 하겠다고 했다, 따뜻한 물이 안 나와 내일 하라고 했지만.

“왜 안 나와? 마을 사람들이 다 써버려 그런 거야? 마을사람들 나쁘다.”

설거지를 하고 있는 나에게 와서 부득부득 안 나오면 엄마가 끓여주란다.

이쯤에서야 목욕을 하겠단 아이에게 난 진다, 따뜻한 물은 나왔다. 한 시간 동안이나 목욕통에서 놀고 스스로 나와서의 일이다.

끓인 지 한 시간이 지난 찌개가 뜨겁다니 황당하다.

“겁부터 먹지 말고 먹어봐.”

“어른한텐 미지근해도 아이한텐 뜨겁거든.”

“그럼, 다른 점을 또 이야기해봐.”

“아이는 몸이 작고 어른은 커. 놀 때 아이에게 조금은 어른한텐 많고, 공부할 때 아이에게 많이는 어른에겐 조금이야.”

온전한 아이 성규.

아이가 어른이 되는 과정에 놓여 있다는 것은 어른 편에서

지어낸 해석이다. 아이는 완전한 아이의 세계에 있는 완전자이다.

아이 나라에 사는 성규가 들려주는 이야기를 우리는 신기한 눈으로 보고 들어줄 수 있을 뿐이다.

미안해

난 성규가 참 좋다.

오늘 아침 유치원 앞에서 내리며

목에 힘을 주어 "천천히 가" 하며 차문을 닫았다.

그것도 "잘 갔다 와"란 내 말이 끝나기도 전에

사실 오늘 아침엔 성규가 늦게 일어나고, 또 자기가 하고 싶은 것을 모두 다 하며 놀았기 때문에 유치원 시작 시간에 더욱 늦어졌다. 난 화가 머리 꼭대기까지 났다.

"엄마, 천천히 가. 무서워. 사고 나면 어떡해?"

"엄만 사고 안 나" 하며 자동차를 마구 몰았다.

많이 불안했을

성규가 되려 날 걱정한 것이다.

오! 하느님, 제게

성규를 보호할 수 있는 최소한의 영토를 남겨주소서. 빗속의 운전에서 실수를 했다. 오토바이를 탄 아저씨가 운전석 옆으로 다가와 창문을 탕탕 쳤다.

열어! 고함과 함께 불쑥 들어온 젖은 손이 내 머리카락과 어깨를 휘어잡으려다 내 가슴 앞에서 부들부들 떨었다. 뭘 내놓으라는 것인가. 뒷좌석에 남편과 성규가 아무 말 없이 보고 있다. 내게 아무도, 그 무엇도 없다는 것을 알았다. 신호등이 바뀌어 날 앞지른 아저씨는 돌아보며 목숨을 걸고 삿대질을 했다. 성규가 놀라지 않았을까. 오, 하느님, 제 아들 성규를 보호해주소서. 절 불쌍히 여기시어 제가 어떤 일을 당하더라도 성규 엄마로서의 역할을 온전히 할 수 있는 마지막 땅을 허락하소서.

아이와 남편과 나

아이가 손톱으로 아빠의 얼굴을 할퀴었다
손톱을 깎아주었다
생각보다 빨리 자라는 손톱이
또 할퀴었다
함께 산다는 건
느닷없이 입은 상처를
무작정 서로 바라보며
견디는 것이다

지우개를 놓으며

발명가, 축구 선수, 과학자
노래를 부르며 아이가 종이에 꿈나무를 그린다
내가 지우개를 들고 가지 하나를 뚝 분지르자
바지 길이가 짝짝이인 발명가가 사라진다
새로 돋은 가지에 하얀 가운을 입은 의사가 척 걸터앉는다
"왜 내 꿈을 엄마 마음대로 대신 꾸는 거야!"
노래를 그친 아이가 나무에 기대어 우는 아침
의사, 축구 선수, 과학자를 단
꿈나무가 학교로 간다

느티의 초록 잎사귀에 맺힌 이슬이 눈물이라니요

발명가가 되었더라면
어떤 이슬도 보석이 되었을 텐데
세상의 슬픔을 기쁨으로 돌려놓을 수도 있었을 텐데

아가, 의사가 될 필요는 없구나
엄마를 고쳐놓는 의사는 이미 되어 있으니

소금쟁이

해산할 때까지 난 벽시계처럼 방바닥에 걸려 있었다
빗물은 고였던 자리에 다시 고인다
장마철 오후에 반짝 비가 개었다
공원 의자 앞 웅덩이
어디서 생겨났는지 생각의 소금쟁이 헤엄을 친다
아이가 장화를 신고 웅덩이를 자박거린다
발자국마다 뛰어오르는 소금쟁이
얼마나 많은 유산을 했던가
아이와 생각과 관계의
자궁 벽이 얇아 조금이라도 생각 없이 움직이면 붉게 흘러내리던 습관성 유산
"이번 임신이 내 인생에서 마지막일 것 같아요, 선생님"
"꼼짝도 하지 말고 입원하세요"
사람들이 자장면을 먹는 자리에서 조직적으로 웃었다고 했다
모두 자장면에 배어 있는 쓴맛 때문이라고
작고 얕은 웅덩이로 소중하게 파인 자리
지극히 개인적으로 빗물이 고인다

소금쟁이 씽씽 달린다
사금파리로 부서진다

놀이터

쪼르르 미끄러져 내린다

미끄럼틀은 아이를 가만히 내버려둔다

지금이 아니면 또다시 미끄럼틀이 될 수 없을지도 모르기 때문에

아이는 철봉에 뛰어올라 대롱대롱 매달려 깔깔거린다

거미줄에 묻어 있는 이슬처럼

아침이 아니면 이슬은 거미줄이 필요하지 않을지도 모르기 때문에

철봉은 휘지 않으려고 안간힘으로 철봉이 된다

놀이기구는 시나브로 녹이 슬고 아이가 떠난 그네는 혼자 바람에 흔들릴 것이다 지금 야간의 텅 빈 놀이터에 빈 그네로 앉으면 별이 보이고 훗날 그네가 된 아이가 이곳에 서면 녹슬기를 멈춘 나는 또 떠올라 반짝이는 별로 흔들리고 있을 것이다

눈사람

나는 모자와 목도리로 또 모자와 목도리를 남깁니다
20년 전 돌아가신 어머니의 목도리와 모자를 장롱에서 꺼내 듭니다
어머니는 방을 닦으시며 어린 나를 등에 태우고 눈 내리는 하늘을 날아 세상 구경을 시켜주었습니다 그러는 동안 나는 대학을 마치고 연애를 하고 결혼할 사람을 만났지요 눈사람은 눈물을 흘렸지만 나는 눈사람의 눈물을 이해할 수 없었습니다
엄마가 되어 아침 일찍 일어나 마당으로 나갔을 때
언제나 서 있어야 할 눈사람이 녹아버렸더군요
나는 눈사람이 되어 눈물을 흘렸습니다
나는 그가 남긴 모자와 목도리로 시를 씁니다
이 짧고 오랜 밤이 지나면
아이가 만든 눈사람도 사라지고 없을 겁니다
모자와 목도리를 남기고

기타와 아이

줄 끊어진 기타를 아이가 튕긴다
거실 한쪽에 세워진 채
먼지만이 찾던 그것을
한창 때 장식으로 붙였던 그림 스티커는 빛이 바래어
이제는 닦아야 할 흠집으로 남아 있고
제 소리를 내기에는
손이 너무 많이 가는 기타를
식구들 누구 하나 거들떠보지 않던
아이만이 제것이라 안고 튕긴다
조율이 어긋난 기타가 부르는 노랫소리
남아 있는 음들의 소리
아이야
지금 들리지 않는 소리가
엄마가 불렀던 싱싱한 노래였단다
아랑곳없이 아이는 끊어진 음으로 잠을 청하고 또 기타를 깨운다
날마다 울려 퍼지는 기타의 선율
소리와 침묵이 한데 어우러져 신나고 재미있는
아이는 미완성의 기타를 완성으로 이룩한다

지킬 앤 하이드

햇빛이 등 뒤에서 비치자
같이 걷던 아이가 앞으로 달려가 내 그림자를 밟는다

내가 그 속에 들어가면
날 삼켜버리기도 하는
물결의 소용돌이

그늘이 웃으며 껑충껑충 춤을 추다가
처마까지 치마폭처럼 드리운다
평상에서 수박을 씨까지 먹고 아이는 초록색 꿈을 꾼다

내 머리 위의 별

나무들이 옷깃을 여미는 저녁
주차장엔 바람에 휩쓸린 나뭇잎들이 종종걸음이다
차문을 닫은 나는 서둘러 6층 아파트에
가득 봐 온 장거리를 부려놓아야 한다
"엄마, 별이 두 개밖에 없네"
추운 날 홀로 서서 별을 헤는 아이
주렁주렁 짐을 진 나무의 머리 위에
두 개의 별이 떠올라 있다
'여기까지 잘 오셨습니다 가던 길로 계속 가세요'
어둑한 밤, 이정표가 아이의 손끝에 반짝이고 있다

모성의 시학

맹문재

1.

신라 29대 태종 무열왕의 왕비는 문명황후인데, 김유신의 막내 누이로 이름이 문희이다. 어느 날 문희의 언니 보희가 꿈에 서악(西岳)에 올라 오줌을 누었더니 경성에 가득 찼다. 아침에 보희가 문희에게 꿈 이야기를 하자 동생이 사겠다고 했다. 그리하여 보희는 문희로부터 비단 치마를 선물로 받고 꿈을 건넸다. 그 일이 있은 지 열흘 뒤 김유신은 김춘추와 함께 자기 집 앞에서 축국(蹴鞠)을 하다가 일부러 춘추의 옷을 밟아 옷고름을 찢고는 집에 들어가 꿰매자고 했다. 춘추는 따랐다. 김유신은 보희에게 꿰매도록 했는데 어찌 사소한 일로 귀공자를 가까이하겠느냐며 한사코 사양해 문희가 맡았다. 김춘추는 김유신의 뜻을 알아차리고 문희와 가까이하여 이후 자주 왕래했다. 그런데 어느 날 김유신은 누이가 임신한 것을 알고 부모 모르게 한 일이라고 크게 꾸짖었다. 그리고 누이동생을 불태워 죽일 것이라고 온 나라에 소문을 퍼뜨렸다. 김유신은 선덕여왕이 남산으로 행차하는 날 뜰에 장작을 쌓아놓고 불을 붙였다. 선덕여왕이 남산에서 그것을 내려다보고는 무슨 연기냐고 묻자 김유신이 그의 누이를 불태워 죽이려고 한다고 신하들이 대답했다. 선덕여왕이 그 까닭을 물으니 그의 누이가 지아비 없이 임신했기 때문이라고 말했다. 선덕여왕은 누구의 소행이냐고 다시 묻자 여왕을 가까이에서 모시고 있던 김춘추의 안색이 변했다. 여왕은 김춘추의 소행인 것을 알아차리고 빨리 가서 구하라고 명령을 내렸다. 김춘추는 급히 말을 타고 달려가 문희를 구했고, 뒤에 혼례를 올렸다.[1]

『삼국유사』의 「태종 춘추공」 편에 나오는 위의 이야기에서 주목할 점은 여러 가지가 있겠지만, 지아비 없이 임신한 문희를 구하도록 한 이가 여성이었다는 사실이다. 선덕여왕의 지위에서 보면 나라의 기강이나 도덕적인 질서를 위해 김유신의 행동을 묵인할 수도 있었지만, 국왕 이전에 한 여성이었기 때문에 생명체의 소중함을 인식했다. 그리하여 나라의 기강이나 법도보다 아이를 우선 살렸던 것이다.

여성의 생명 의식은 이와 같이 남성과 다른데, 정진남 시인의 작품들 역시 잘 보여주고 있다. 한 여성이 치르는 임신, 출산, 양육, 교육 등과 관계된 의지와 감정을 통해 모성이 얼마나 위대하고 숭고한지를 구체적으로 보여주는 것이다. 그리하여 시인의 작품들은 한국 시문학사에서 모성의 세계를 확장 및 심화시

1 일연, 『삼국유사』, 김원중 역, 민음사, 2008, 111~113쪽.

켰다고 볼 수 있다.

2.

> 소변 검사 결과 임신이다.
> 정확한 진단을 위해 산부인과에 갔다. 초음파 진단을 했다.
> "아기가 보이지 않아요, 심장이 뛰는 것이 없는데요."
> 절망하고 검사대에서 내리려는데, 질 속으로 초음파를 해 보자고 했다.
> 심장이 박동하고 있었다.
> 아기가 애기집의 아래쪽에 자리잡고 앉은 것이다.
> 심장이 세상에 노크했다.
> 쿵쿵쿵쿵
>
> ―「첫 만남」 전문

위의 작품의 화자는 "소변 검사 결과 임신"이라는 사실을 알게 되었다. 그리하여 흥분된 마음으로 "정확한 진단을 위해 산부인과에" 찾아가 "초음파 진단을 했"다. 그런데 기대했던 것과는 달리 "아기가 보이지 않아요, 심장이 뛰는 것이 없는데요."라는 의사의 말을 듣는다. 그리하여 화자는 "절망하고 검사대에서 내리려"고 했는데, 순간 아이를 포기할 수 없다고 생각했다. 아이를 갖고 싶어 하는 간절한 마음이 "질 속으로 초음파를 해보자고" 제안한 것이다. 그 결과 "심장이 박동하고 있"는 것을, "아기가 애기집의 아래쪽에 자리잡고 앉"아 있는 것을 발견했다. 화자는 신이 내려준 축복과 같은 놀라운 기쁨을 가졌다.

의사는 오래도록 초음파 검사를 했다
아이가 한 손을 입에 대고 있어 입모양을 볼 수 없단다
간혹 언청이인 아이가 보이기도 했다는 것이다
난 그만 검사대에서 내려왔다
난 엄마다
내 아이에게 허물이 있다면
내가 덮어주어야 하기 때문이다
끈끈하게 묻어 있는 초음파 검사 시약을 닦아내었다

—「임신 8개월」 전문

임신부들은 때에 이르면 기형아 검사를 하는데, 좋지 않은 진단을 받으면 대부분 의사의 권유에 따른다. 전문가인 의사가 진단한 것을 비전문가인 임신부가 거절하기는 어려운 것이다. 그렇지만 이와 같은 상황은 현대 의학이 보여주는 맹점이기도 하다. 실제로 "기형아 판정을 받았지만 건강한 아이를 낳은 엄마, 전혀 기형아를 의심치 않은 결과였으나 건강이 나쁜 아이를 낳은 엄마들의 이야기가 너무나 많"(「임신 4개월」)은 것이다.

그리하여 작품의 화자는 "의사"가 "오래도록 초음파 검사를" 하고 난 뒤 "아이가 한 손을 입에 대고 있어 입모양을 볼 수 없"으며 "간혹 언청이인 아이가 보이기도 했다"고 진단했지만, "그만 검사대에서 내려"오고 만다. "난 엄마다"라는 확신이 있었기 때문이다. 다시 말해 "내 아이에게 허물이 있다면/내가 덮어주어야" 한다고 다짐한 것이다.

훌리오 메뎀 감독의 영화 〈내일의 안녕〉에서도 여성의 임신과 출산이 얼마나 위대한지를 볼 수 있다. 축구 선수를 꿈꾸는

아들과 함께 살고 있는 마그다(페넬로페 크루즈 분)는 바람 난 남편과 별거 중인 데다가 경제 상황의 악화로 인해 일자리마저 잃는다. 설상가상으로 유방암까지 진단받아 삶의 존재 자체가 흔들린다. 마그다는 자신의 운명을 긍정하는 마음을 갖고 수술과 항암 치료를 받는다. 하지만 재발되어 6개월밖에 살 수 없다는 시한부의 삶을 선고받는다. 마그다는 그와 같은 불행에도 굴복하지 않고 새로운 사랑을 시작하고 새 생명을 받아들인다. 아이를 낳기 위해 자신의 생명을 포기할 수 없다고 다짐하는 것이다. 그리하여 자신에게 남은 시간이 죽음으로 향하는 것이 아니라 새로운 생명체의 탄생으로 향한다고 인식한다. 가슴이 사라져도 심장은 뛰고 있다는 마음으로 새 생명에 헌신하는 것이다.

3.

간밤과 아침엔 금식을 했다. 오늘 오전 11시에서 12시 사이에 아기를 낳는다. 내가 누운 침대가 밀려 나아갈 때 형광등 불빛이 빠르게 지나치는 병원 복도의 천장 길은 처음 가는 길이었다. 수술실 입구에서 날 기다리고 있던 남편과 선배 언니의 얼굴이 어른거리며 날 들여다보았다. 선배 언니가 내 손을 꼭 잡고 짧게 화살기도를 올렸다. 남편의 초췌한 얼굴이 멀어져갔다. 큰오빠를 진주에서 싣고 논산으로 떠나는 기차를 하동역에서 보았다. 아버지가 역무원에게 미리 말했기 때문에 신호를 받은 기차가 하동역 구간을 천천히 지나가며 우리에게 시간을 주었다. 우리를 먼저 발견한 오빠의 큰 두 눈이 싱긋 웃고 있었다, 차창 너머로. 박박 민 머리가 하얀 큰아들에게 아버지는 손을 흔들었고 엄마는 울었다, 나도 따라 울었다. 그들이 그 간이역 같은 데서 날 배웅해주었다. 터널 속으로 사라질 때까지.

"무서우세요? 잠을 좀 자면 괜찮을 거예요."

따뜻한 손이 내 손을 잡자 수술실 천장의 둥근 테두리 안에 박혀 있는 전등이 스르르 눈을 감았다. 칠흑처럼 어두운 밤이었다.

—「태초」 전문

위의 작품의 화자가 출산을 위해 받아야 할 수술은 "간밤과 아침엔 금식을" 해야 할 정도로 힘들다. "누운 침대가 밀려 나아갈 때 형광등 불빛이 빠르게 지나치는 병원 복도의 천장 길은 처음 가는" 것이기에 낯설고 두렵기도 하다. 또한 "수술실 입구에서 날 기다리고 있던 남편과 선배 언니의 얼굴이 어른거리며 날 들여다보"면서 무사하기를 응원하고 기원하지만 혼자 감당해야 하기에 외롭다. 그리하여 화자는 "무서우세요? 잠을 좀 자면 괜찮을 거예요."라며 다독이는 의사나 간호사의 말을 믿고 "칠흑처럼 어두운 밤"을 견딘다.

화자는 "태초"에 들어서기 전 가족의 얼굴을 떠올리는데, 먼저 "큰오빠를 진주에서 싣고 논산으로 떠나는 기차를 하동역에서" 본다. "오빠의 큰 두 눈이 싱긋 웃고 있"다. "박박 민 머리가 하얀 큰아들에게 아버지는 손을 흔들"고 "엄마는 울"고 "나도 따라" 운다. "오빠"를 배웅하면서 "아버지"는 웃는 데 비해 "엄마"와 "나"는 우는 데서 볼 수 있듯이 남성과 여성은 사랑의 방식에 차이가 있다. 그렇지만 그것은 생래적인 차이가 있을 뿐 "내"가 무사하게 출산하기를 바라는 마음은 모두 같다. 그리하여 화자는 "칠흑처럼 어두운 밤"에 들어가는 두렵고 불안한 순간에도 가족들을 끌어안는다.

여성이 아이를 출산하는 일은 진정 위험하다. 2002년 경기도 파주시 교하읍 파평 윤씨 종중산 묘역에서 발굴된 모자(母子) 미라는 여성의 출산이 얼마나 위험한 일인지 여실히 보여준다. 산모는 조선 명종대 문정왕후 오빠였던 윤원량의 손녀로 나이는 20대 중반이고 사망 연도는 1566년 겨울로 추정되는데, 출산 도중 자궁 파열로 태아와 함께 숨진 것이다.[2]

출산 중 산모가 사망하는 사고는 과거뿐만 아니라 현재에도 발생하고 있다. 2009년부터 2014년 사이 우리나라의 모성 사망의 경향과 원인을 분석한 논문에 따르면 평균 모성 사망비(maternal mortality ratio)는 13.16이고, 평균 모성 사망률(maternal mortality rate)은 0.45이다. 연령별로는 20~24세 그룹이 6.9로 가장 낮은 수치를 보였고, 45~49세 그룹이 143.7로 가장 높았다. 모성 사망의 3대 원인은 산과적 색전증(24.4%), 산후 출혈(18.3%), 임신 중 고혈압성 질환(5.5%)으로 나타났다. 모성 사망이란 임신 기간 또는 부위와 관계없이 우연 또는 우발적인 원인으로 인하지 않고, 임신 또는 그 관리에 관련되거나 그것에 의해 악화된 원인으로 인하여 임신 중 또는 분만 후 42일 이내에 발생한 사망을 말한다. 모성 사망의 주요 통계 지표는 모성 사

---

2 한성희, 「430년 잠에서 깨어난 '파평 윤씨 모자 미라'」, 『오마이뉴스』, 2003년 11월 9일(http://v.entertain.media.daum.net/v/20031109050815419).

망비와 모성 사망률이 있는데, 일반적으로 모성 사망비가 주요 지표로 이용되고 있다. 2010년에 발표된 자료에 따르면 우리나라의 모성 사망비는 2006년 15, 2007년 16, 2008년 12로 경제협력개발기구(OECD) 가입 국가의 평균을 웃도는 수준이다. 앞으로 급격한 출산율 감소, 초산모의 평균 연령 증가, 다태아 임신 증가 등으로 모성 사망의 위험이 증가될 것으로 예상된다.[3]

그렇다고 출산이 고통스럽고 공포를 주는 일만은 아니다. 출산의 위험이 크기에 기쁨 또한 큰 것이다. 다시 말해 자신의 목숨을 걸고 탄생시킨 생명체이기에 감격하지 않을 수 없는 것이다.

처음 나의 성규를 안아볼 수 있었다
숨을 쉬고 있었다. 어른보다 빠르고 또렷한 숨소리
놀랍고 신기한 생명체이다
어렵고 조심스러운
나의 하느님

— 「출산 3일째」 전문

"처음 나의 성규를 안아"본 작품 화자의 기쁨은 이루 말할 수 없다. "숨을 쉬고 있"다는 사실 자체가, "어른보다 빠르고 또렷한 숨소리"를 내고 있다는 자체가 "놀랍고 신기"할 뿐이다. 그리하여 화자는 새로운 "생명체" 앞에서 그저 감사한 마음을 갖는

---

3 박현수 · 권하얀, 「한국의 모성 사망 원인과 경향 분석(2009~2014)」, 『대한주산의학회잡지』 27권 2호, 대한주산의학회, 2016, 110~117쪽.

다. “어렵고 조심스러운/나의 하느님”이라고까지 생각한다. 화자가 “생명체”를 신으로 여기는 것은 절대적으로 복종하려는 자세로 볼 수 있다. 그 복종은 강요된 것이 아니라 스스로 선택한 것이기에 행복하다. 마치 한용운이 “자유를 모르는 것은 아니지만, 당신에게는 복종만 하고 싶어요./복종하고 싶은 데 복종하는 것은 아름다운 자유보다도 달콤합니다. 그것이 나의 행복입니다.”(「복종」)라고 노래한 것과 같다. 그리하여 화자는 가부장적인 아버지의 말씀도 새겨듣는다.

“이제사 사람 노릇했구나.”
아버지가 병원에 오셨다. 어디 가서 물어보니 안 가는 게 좋다더라며 못 오신다더니, 서운해하지 말라시더니
통통 부어 누워 있는 날 보시고
“이제 그만이다.”
침대 밑에 돈을 넣어주고 가셨다.

“언제 아이를 이렇게 잘 키웠어요.”
아이를 훌쩍 키운 아줌마를 길에서 만났다.
“낳으니까 저 혼자 잘 자라던데요, 콩나물처럼.”
그래요 하려는 사이에 아버지가 전화를 하셨다.
“아이는 그냥 대충 키우는 게 아니야. 지성으로 길러야 한다.”

— 「아버지」 전문

“이제사 사람 노릇했구나”라는 “아버지”의 인사는 여성에게 부담을 주는 가부장제의 유습으로 들릴 수 있다. 유교주의 사회

에서의 여성은 결혼하기 전에는 아버지를 따르고, 결혼한 뒤에는 지아비를 따르고, 지아비가 죽으면 아들을 따라야 한다는 삼종지도(三從之道)에 구속되었다. 뿐만 아니라 아들이 없거나 시부모를 모시지 않거나 투기를 하거나 음행을 하거나 말이 많거나 질병이 있거나 도둑질을 하는 등의 칠거지악(七去之惡)을 범한 경우는 시댁에서 쫓겨날 수도 있었다. 결국 여성은 가부장제의 질서에 복종하고 가문의 대를 잇기 위해 아들을 낳아야 하는 존재에 불과했던 것이다.

그렇지만 "아버지"는 "어디 가서 물어보니 안 가는 게 좋다더라며 못 오신다더니, 서운해하지 말라"고 알렸으면서도 자식에게 왔다. 자식에 대한 사랑이 지극해서 어떤 운명의 예시도 무시하고 찾아온 것이다. "아버지"는 "퉁퉁 부어 누워 있는 날 보시고/"이제 그만이다.""라는 말씀을 꺼낸다. 딸자식이 시집가서 가문의 대를 잇는 일도 중요하지만, 막상 고생한 딸의 모습을 보니 더 이상 희생시켜서는 안 되겠다고 생각한 것이다. 그리하여 "침대 밑에 돈을 넣어주시고 가"는 자상함까지 보인다. 아이를 키우는 데 현실적으로 "돈"이 필요하기에 조금이라도 보태려고 한 것이다.

"아버지"의 자식 사랑은 경제적인 면에서뿐만 아니라 정신적인 면에서도 지극하다. 어느 날 화자는 "아이"를 데리고 외출하다가 "언제 아이를 이렇게 잘 키웠"느냐는 인사를 "아이를 훌쩍 키운 아줌마"로부터 듣는다. 그래서 무심결에 "낳으니까 저 혼자 잘 자라던데요. 콩나물처럼/그래요."라고 대답하려고 했는데, 그 순간 "아버지가 전화를" 해서 "아이는 그냥 대충 키우는 게 아니야. 지성으로 길러야 한다."라고 주의를 주었다. 화자가 "아이"에게 안일해지려고 하는 마음을 당신은 지극한 사랑으로 일깨워준 것이다.

4.

> 아이가 손톱으로 아빠의 얼굴을 할퀴었다
> 손톱을 깎아주었다
> 생각보다 빨리 자라는 손톱이
> 또 할퀴었다
> 함께 산다는 건
> 느닷없이 입은 상처를
> 무작정 서로 바라보며
> 견디는 것이다
>
> —「아이와 남편과 나」 전문

살아가다 보면 어느 날 "아이가 손톱으로 아빠의 얼굴을 할퀴"는 일이 일어난다. 전혀 예상하지 못했던 경우여서 당황할 수밖에 없다. 그렇다고 야단칠 수 있는 일이 아니기에 "아이"의 "손톱을 깎아"준다. 그냥 대충 깎는 것이 아니라 정성을 다한다. 그렇지만 "아이"는 "생각보다 빨리 자라는 손톱"으로 "또 할"퀸다. 그리하여 화자는 "함께 산다는 건/느닷없이 입은 상처를/무작정 서로 바라보며/견디는 것"이라고 말한다. 그리고 또다시 정성을 다해 "아이"의 "손톱을 깎아"준다.

임신과 출산이 생명의 근원을 실현하는 모성의 의지라면 양육은 자식을 사회적인 존재로 만드는 모성의 의지이다. 그리하여 양육 과정에는 감정과 이성을 넘어서는 경험과 지혜와 사랑이 필요하다. 그 결과 아이는 어머니를 가슴에 품고 살아가는 것이다.

> 남편이 자동차에 두고 온 지갑을 가지러 나갔다.
> 티격태격 화가 나 있던 나는 현관문을 안에서 닫아걸었다.
> "엄마는 사람을 좋아하는 법을 배워야 해, 사랑하는 법을."
> 성규에게 정곡을 찔렸기 때문에 되려 흐뭇해지려고 했다. 내 표정을 살피더니 다시 말했다.
> "엄마, 저 문은 바람이 불면 열릴까."
> '성규가 힘들어하는구나.'
> 나는 고개를 끄덕거리고 성규를 외면해주었다.
> "엄마, 바람이 불었나 봐."
> 남편이 들어왔다.
> 비밀번호를 알 수 없는 닫힌 마음을 아이는 열 수 있다.
>
> —「성규의 힘」 전문

"성규"가 "엄마는 사람을 좋아하는 법을 배워야 해, 사랑하는 법을"이라고 말했을 때 아이가 어른의 스승이라는 옛말이 떠오른다. 니체(Friedrich Nietzsche)는 『차라투스트라는 이렇게 말했다』의 「학자에 관하여」에서 학자는 스스로 현명하다고 자랑스레 여기지만 그들의 지식은 보잘것없어 마치 하수구에서 나는 역한 냄새와 같다고 비판했다. 그에 비해 아이는 세속에 물들지 않은 천진난만한 존재라고 내세웠다. 또한 「시인에 관하여」에서 시인은 거짓말을 하고 다소의 향락과 권태에 빠진 채 명상하는 존재일 뿐이라고 폄하했다. 그에 비해 아이는 이 세계를 정직하게 바라보고 진지한 자세로 관심을 갖는 존재라고 내세웠다. 아이를 학자나 시인이 본받아야 할 거울로 본 것이다. 노자(老子) 역시 자의적인 가치 기준을 갖는 세속적인 학문을 버리고 무위자연을 추구할 것을 제시했는데, 그 본보기로 갓난아이를 들었다. 아이는 세속적인 먼지에 오염되지 않은 천성을 지니고 있기에 도(道)의 실현에 가장 부합한다는 것이다. 아이 역시 욕망을 추구하기에 니체나 노자가 말한 대로 오염되지 않고 정직한 존재라는 주장에 선뜻 동의할 수 없지만, 어른의 소유물로 삼아서는 안 된다.[4]

이리가라이(Luce Irigaray)는 아이의 독립적인 존재성을 태반을 통해 설명하고 있다. 태반은 태아에 의해 형성된 일종의 조직으로 자궁 점막에 비늘 모양으로 덮여져 다른 것들로부터 분리되어 있다. 태반은 모체와 태아의 중간에 위치하므로 서로는 융합될 수 없다. 또한 태반은 두 기관 사이의 생체 교환을 조정하는 체제를 구성한다. 영양물은 모체에서 태아로 공급되고 배출물은 태아에서 모체로 공급되듯이 양적으로 교환을 조절할 뿐만 아니라 모체의 신진대사를 변화시킨다. 모체와 태아 모두를 위해 모체의 물질을 변형시키고 저장하고 재분배해 어머니와 태

4 맹문재, 「동심의 시학」, 『시학의 변주』, 서정시학, 2007, 97~111쪽.

아의 관계를 형성하는 것이다. 그러므로 태아는 모체를 탈진시키거나 단순히 영양물을 얻는 수단으로 전락시키지 않고 자랄 수 있다. 태반의 이와 같은 상대적 자율과 다른 사람의 몸에서 한 생명이 자랄 수 있게 하는 통제 기능은 융합이나 혹은 침범의 형태로 환원될 수 없다.[5]

위의 작품에서 "성규가 힘들어하는구나"라고 이해하면서 "고개를 끄덕거리고 성규를 외면해"준 화자의 자세가 곧 태반의 모습이다. 아이를 존중해줌으로써 어머니는 아이를 침범하지 않고 평화롭게 공존한다. 그리하여 어른들의 "비밀번호를 알 수 없는 닫힌 마음을 아이는 열"고 사회적 존재로 나아가는 것이다.

> "키가 큰 사람을 그려보자."
> "좋아."
> 성규는 쓱쓱 쉽고 간편하게 그려나간다
> 얼굴이 동그란 사람의 다리는 강줄기처럼 길~다
> 그 사람이 왼손을 높이 뻗친다
> 나뭇가지가 아니라
> 우체국에 나부끼는 태극기가 아니라
> 아파트 6층 우리 집이 아니라
> 구름을 잡는다
> 여기서 끝난 게 아니라
> 키가 작은 사람을 옆에 세운다
> 정말 우뚝하게 큰 사람이구나 감탄하는 동안
> 성규는

---

5 뤼스 이리가라이, 『나, 너, 우리』, 박정오 역, 동문선, 2002, 40~41쪽.

큰 사람의 오른손을 잡는다
그리고 그 손을
키가 작은 사람의 손에 꼭 쥐어준다
키가 큰 사람은 항상 키가 작은 사람 옆에 있다

— 「키가 큰 사람」 전문

작품의 화자인 어른이 "키가 큰 사람을 그려보자"라고 "성규"에게 제안하자 "좋아"라고 대답한 뒤 "쓱쓱 쉽고 간편하게 그려나간다". "얼굴이 동그란 사람의 다리는 강줄기처럼" 긴데, "그 사람이 왼손을 높이 뻗"치기까지 한다. 그리하여 "키가 큰 사람"은 "나뭇가지가 아니"고 "우체국에 나부끼는 태극기가 아니"고 "아파트 6층 우리 집이 아니"지만 "구름을 잡는다".

그런데 "성규"의 그림은 "여기서 끝난 게 아니라/키가 작은 사람을 옆에 세"우는 데까지 나아간다. 화자가 "정말 우뚝하게 큰 사람이구나 감탄하는 동안/성규는/큰 사람의 오른손을 잡"고 "그 손을/키가 작은 사람의 손에 꼭 쥐어"주는 것이다. "키가 큰 사람은 항상 키가 작은 사람 옆에 있"는 이 배려와 연대 의식은 어른들이 배워야 할 자세인데, 모성이 가르친 것이기도 하다.

아이를 신뢰하고 배려하는 화자의 모성으로 말미암아 "성규"는 자신의 것으로 소유하거나 점령하기보다는 다른 아이와 함께하려는 마음을 갖고 있다. 따라서 "성규"의 마음은 개인주의가 지배하는 이 자본주의 사회에서 수용할 필요가 있다. 자본주의는 자기 이익을 최대한 추구하기 때문에 그 속에서 살아가는 사람들은 서로 경쟁할 수밖에 없다. 자본주의 체제는 보다 많이 소유하고 보다 많은 이익을 내고 싶어 하는 사람들의 탐욕으로 영위되고 있다. 그리하여 경쟁력이 없는 개인이나 기업의 도태는 당연하게 여기고 불평등한 결과를 인정한다. 해고자와 실업자가 넘치고 소득의 양극화가 심화되고 자살이 늘고 있는 것이 그 여실한 모습이다.

이와 같은 상황에서 위의 작품에서 보여주는 모성은 매우 중요하다. 모성은 바람직한 가족관계와 사회관계를 이루는 토대가 되는 것이다. 따라서 임신, 출산, 육아, 교육의 문제를 여성의 몫으로만 돌릴 것이 아니라 남성도 함께해야 한다. 평등한 관계로 함께 실천하는 모성이야말로 자본주의 사회의 경쟁적인 개인주의를 지양하고 공동체적인 인간 가치를 이룰 수 있는 길이다. 정진남 시인의 작품들은 모성의 숭고함을 넘어 그 가능성을 보여주고 있기에 더욱 주목된다.

孟文在 | 문학평론가 · 안양대 교수

푸른사상 시선

1 **광장으로 가는 길** | 이은봉 · 맹문재 엮음
2 **오두막 황제** | 조재훈
3 **첫눈 아침** | 이은봉
4 **어쩌다가 도둑이 되었나요** | 이봉형
5 **귀뚜라미 생포 작전** | 정원도
6 **파랑도에 빠지다** | 심인숙
7 **지붕의 등뼈** | 박승민
8 **살찐 슬픔으로 돌아다니다** | 송유미
9 **나를 두고 왔다** | 신승우
10 **거룩한 그물** | 조항록
11 **어둠의 얼굴** | 김석환
12 **영화처럼** | 최희철
13 **나는 너를 닮고** | 이선형
14 **철새의 일인칭** | 서상규
15 **죽은 물푸레나무에 대한 기억** | 권진희
16 **봄에 덧나다** | 조혜영
17 **무인 등대에서 휘파람** | 심창만
18 **물결무늬 손뼈 화석** | 이종섶
19 **맨드라미 꽃눈** | 김화정
20 **그때 나는 학교에 있었다** | 박영희
21 **달함지** | 이종수
22 **수선집 근처** | 전다형
23 **족보** | 이한걸
24 **부평 4공단 여공** | 정세훈
25 **음표들의 집** | 최기순
26 **나는 지금 운전 중** | 윤석산
27 **카페, 가난한 비** | 박석준
28 **아내의 수사법** | 권혁소
29 **그리움에는 바퀴가 달려 있다** | 김광렬
30 **올랜도 간다** | 한혜영
31 **오래된 숯가마** | 홍성운
32 **엄마, 엄마들** | 성향숙
33 **기룬 어린 양들** | 맹문재
34 **반국 노래자랑** | 정춘근
35 **여우비 간다** | 정진경
36 **목련 미용실** | 이순주
37 **세상을 박음질하다** | 정연홍
38 **나는 지금 외출 중** | 문영규
39 **안녕, 딜레마** | 정운희
40 **미안하다** | 육봉수
41 **엄마의 연애** | 유희주
42 **외포리의 갈매기** | 강 민
43 **기차 아래 사랑법** | 박관서
44 **괜찮아** | 최은묵
45 **우리집에 왜 왔니?** | 박미라
46 **달팽이 뿔** | 김준태
47 **세온도를 그리다** | 정선호
48 **너덜겅 편지** | 김 완
49 **찬란한 봄날** | 김유섭
50 **웃기는 짬뽕** | 신미균
51 **일인분이 일인분에게** | 김은정
52 **진뫼로 간다** | 김도수
53 **터무니 있다** | 오승철
54 **바람의 구문론** | 이종섶
55 **나는 나의 어머니가 되어** | 고현혜
56 **천만년이 내린다** | 유승도
57 **우포늪** | 손남숙
58 **봄들에서** | 정일남
59 **사람이나 꽃이나** | 채상근
60 **서리꽃은 왜 유리창에 피는가** | 임 윤
61 **마당 깊은 꽃집** | 이주희
62 **모래 마을에서** | 김광렬
63 **나는 소금쟁이다** | 조계숙
64 **역사를 외다** | 윤기묵
65 **돌의 연가** | 김석환
66 **숲 거울** | 차옥혜
67 **마네킹도 옷을 갈아입는다** | 정대호
68 **별자리** | 박경조
69 **눈물도 때로는 희망** | 조선남
70 **슬픈 레미콘** | 조 원
71 **여기 아닌 곳** | 조항록
72 **고래는 왜 강에서 죽었을까** | 제리안
73 **한생을 톡 토독** | 공혜경
74 **고갯길의 신화** | 김종상
75 **고개 숙인 모든 것** | 박노식
76 **너를 놓치다** | 정일관
77 **눈 뜨는 달력** | 김 선
78 **거꾸로 서서 생각합니다** | 송정섭
79 **시절을 털다** | 김금희
80 **발에 차이는 돌도 경전이다** | 김윤현

푸른사상 시선 81

성규의 집

정 진 남 시집